詩集

水の時

VOICE of St. GIGA

寮 美千子

双晶の水晶に捧げる

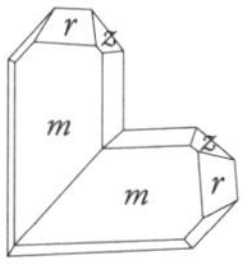

放送局草創期のマグマのような熱気と期待が渦巻くなか、
双晶の水晶のごときお二人に導かれ、結晶を成長させるように、
ともに番組制作ができたことを、心から感謝します。
お二人が地上を去られた後も、結晶は少しずつ成長していることを確信します。

目次

水の時

Water Line

音楽が降りてくる

音楽が降りてくる
空から　星から
音楽が流れる
川のように　絶え間なく
天の河《あまがわ》の　透明で希薄な水が
地上に　流れこむ
水晶の水に浸されて　洗い流される地上の塵
都市は　美しい廃虚になる
潮の満ち引きのリズムを
ゆっくりと　思い出しながら

時が　ゆるやかに　流れだす
わたしたちは　いままで
なにをそんなに　急いでいたのだろう

体のなかの海が　静かに満ちてくる
水平線から　月が現われる

音楽が打ち寄せる
わたしのなかの　海から
そして　遥かな星から

星のしぶきをあげて　砕ける波
わたしは　じっと　耳を澄まし
小さな　渚になる

満潮　High tide call

月に導かれて　水が満ちていきます
いま海は　もっとも　空に　近づいています
東京芝浦は　満潮を迎えました

干潮　Low tide call

月に導かれて　水が引いていきます
いま海は　もっとも　空から　遠ざかっています
東京芝浦は　干潮を迎えました

水の名前

その水の名前は　雲
雲は　地上にこがれて

その水の名前は　雨
やわらかい　五月の雨になる

その水の名前は　川
歓びの声をあげて　流れる

川は　大地を潤し
水は　音もなく　吸いあげられる
草に　木に

その水の名前は　花
一面に咲き乱れる　名もない花たち

その花びらを　食《は》めば

わたしは　水

あらゆる　草や木とともに
めぐる水に　足を浸している

あらゆる　生き物とともに
わたしは
めぐる水の名前のひとつ

その水の名前は　海
無数のせせらぎは
ただひとつの　大きな水となり

たゆたう光のなか
空に　こがれる

その水の名前は　雲

水の色

水の色を　わたしは知らない

揺れる水は　青く
砕ける波は　白い
湖は　緑に静まりかえり
せせらぎは　透きとおり
蜘蛛の巣にかかる雫は　銀色に光る

立ちのぼる水は　白い雲になり
夕暮れには　その縁を　金色に輝かせる
海は一面　金の小舟を揺らし
波打ち際は　鏡になって　燃える空を映す

やがて降りてくる　夜のなかで
星を映す　川
月を映す　海

そのどれを　掌《てのひら》にすくってみても
ただひとしずくの　透明な水なのに
時に　空のただなかで　虹色に輝く
水の色を　わたしは知らない

光と水の戯れ

水が　揺れるので
光は　踊り
光が　踊るので
水は　歌う
水が　歌うと
光は　歓びにあふれて笑い
光が　笑えば
水も　きらめきながら笑う

まるで
恋する者たちのように

おいしい水

ただ一杯の水が　わたしをうるおす

昼もなお　星を映す
深い井戸から　汲みあげた
ただ一杯の　つめたい水が

岩を駈けおりる　小さな流れから
掌《てのひら》に　すくいあげた
ただ一杯の　透きとおった水が

地下深く　昏《くら》い時間を旅して
いま　光のなかに躍りだした
ただ一杯の　なめらかな水が

わたしを　うるおす
わたしを　いやす

水の鏡

水が　帰っていく場所がある

花だった水
鳥だった水
草だった水
虫だった水
幼い子どもの頬を輝かせ
その頬を流れおちた水

すべての水が
せせらぎになって　流れこんでいく
たったひとつの湖がある

そこから　流れだす川もないのに
湖は　溢れることなく
いつも　鏡のように静まりかえり
遠い空を　映している

欠けることのない月を浮かべて

夢見る水

たとえば　一本の草
に咲く　花
にとまる　蝶
をついばむ　鳥
を捕る　獣
の屍《しかばね》に群がる　数えきれない虫たち

そして

たとえば　それを
じっと見つめている　わたし
命から命へめぐる　無数の夢の形の
無限の流れのなかの　ささやかなひと筋

いつか　流れつく
たったひとつの海は　あるのだろうか
すべての命が
ひとつの巨《おお》きなたゆたいとなって
金色に光る　海はあるのだろうか

世界は　流れる水
生命《いのち》は　夢見る水

流れる水

ひとときも　停《とど》まることがないのに
流れる水は　いつも　川と呼ばれ
一瞬も　同じものではないのに
揺れる水は　いつも　波と呼ばれる

わたしが　眠っているときも
川は　流れつづけ
わたしが 生まれる前から
波は　打ち寄せつづけた

浮かぶ水は　雲と呼ばれ
わたしが　いなくなっても
空を　流れつづけるだろう
ゆっくりと　形を変えながら

うつろいつづける　変わらぬもの
流れゆく　水

わたしを　知っていた人々さえ
だれひとり　いなくなった地上で
水が　きらめきながら
光のなかへと　躍りだす

わたしが　生まれる前から
昏《くら》い大地の底を巡っていた水が
あふれる泉となって

響きの庭

ここで　葉がそよぐと
湿原の果ての　小さな沼で
またひとつ　やわらかな卵が孵《かえ》る

あの枝から　鳥が飛びたつと
遠い山あいの　湖で
驚くほど高く　魚が跳ねる

遠く離れていても
響きあう者たち

光と水の　響きあう国で
無限に響きあう　命と命

弱った獣の子どもが
鷹《たか》にさらわれた　その瞬間
森の奥で
羽化《うか》したばかりの蝶が
はじめて　空に羽ばたく

森

だれも見ていないところで
さなぎからかえる　蝶
だれも見ていないところで
花が　またひとつ開く

だれも見ていないところで
のびる木の芽を
吹き抜ける　風が見ている

だれも見ていない　深い森の奥を
見ている光が
緑の葉を透かし
蝶の鱗粉をきらめかせ
つややかな花粉を　甘く匂いたたせる

だれも見ていない　時間
日は昇り　日はかげり
木は　音もなく影をめぐらせ
雲は　まぶしく空を流れ

見られていない　すべての者たちが
見つめている　一日

水の楽器

それは小さな火口ほどの大きさ
星の欠片《かけら》にえぐられた
半球状の地球のくぼみに
なみなみと水が張られ
やがてあふれだした一筋の流れを
はじめて遡《さかのぼ》ってきた一匹の魚が
空に焦がれ
その湖の中心で
銀の鱗をきらめかせて高く跳ねると
見えないスティックで
水面《みなも》を叩いたように

水紋は同心円状に広がって
波となって岸に打ち寄せ
また返し
湖のまんなかで
水は盛りあがって
少しだけ空に近づき
その青を
少しだけ濃くする

まるで
わたしが空だ
と　言わんばかりに

木蓮

草や木が　まだ花を咲かせなかった　遠い昔
その木は　はじめて蕾《つぼみ》をつけた
手と手を合わせた　小さな祈りの形の蕾を

人間が　まだ地上にいなかった　遠い昔
その木は　はじめて　花を咲かせた
降りそそぐ光を掬《すく》う　掌《てのひら》のような花を

星はめぐり　時がめぐり
恐竜は栄え　恐竜は滅び
鼠は猿に　猿は人に
人は文明を生み
文明は地上を覆いつくした
愛と憎しみとの網の目で

その間も
木は　ひたすらに　花を咲かせつづけた
光を求めて　蕾は天にのびあがり
ゆるやかに　開いては
花びらの掌いっぱいに　光を溢れさせた
来る春も　来る春も

花の名はマグノリア
かぐわしき木蓮《もくれん》

果てしない時をはらみ
いまも
なにげなく　そこに　佇《たたず》んでいる
めぐりくる　新しい春のために
無数の祈りの蕾をふくらませて

夢見る力

天にそびえる梢《こずえ》を　夢見なかったら
どうして　ひと粒の種が
固い土のなかで
やわらかな芽を　出すことができるのだろう

咲きほこる花を　夢見なかったら
どうして　ただ緑一色の草むらが
暗い夜の底で
色とりどりの蕾《つぼみ》を　用意できるのだろう

世界が　夢を見ているから
未来が　運ばれてくる
まだ見ぬ場所から　吹いてくる
新しい風のように

夢を見よう
透明な夢を

美しい夢を　見ようとしないで
どうして
美しい明日を
招くことができるだろう

春の祭典

どんな音楽が
土のなかのひと粒の種を　目覚めさせるのか
そのやわらかい芽が
堅《かた》い土を押しあげるとき
けさ　かえったばかりの蝶が
はじめて　空を飛ぶ

どんな力が
冬枯れの枝に　いっせいに花を開かせるのか
その木の幹が
力強く水を吸いあげるとき
螺旋《らせん》の永遠をまどろんでいた蛇が
洞《ほら》の底深くで　目を覚ます

空に響く　光の音楽
森に響く　水の歌声

いま　はじまりを告げる　春の祭典

春の旋律

まだ　だれも聴いたことのない音楽が
花びらとともに　舞い降りてくる

何千回　何万回　めぐろうとも
その春は　いつも　はじめての春
めぐりくる音楽は
いつも　はじめての旋律

まだ　だれも見たことのない輝きが
空に　響きわたり
まだ　だれも知らなかった歓びが
大地を　満たしてゆく

Echo

響き　響く　光が
響き　響く　空から

花びらが　ほころびるように
ゆるやかに　ほころびた空から
打ちよせる　光の波が
世界に満ちて
すべてを　微かに震わせ
すべてを　静かに光らせ
隈なく　響きわたる
いつまでも消えることのない
透明な木霊《こだま》のように

響き　響く　光が
響き　響く　わたしに

風のゆりかご

水を
ゆるやかに揺らしながら
風が　吹いてくる

山を
やわらかく揺らしながら
風が　吹いてくる

生まれおちたばかりの春を
いとおしむように

両腕にいだいた世界を
やさしく揺すりながら

風が
吹いている

花影

微かな光に満ちた
春の大気の底で
そこだけ
さらに明るい

淡い緑の山に咲いた
ひと群れの　花の影

まるで
花びらの一枚一枚に
光の粒子を呼びよせる
引力がある　とでもいうように

やわらかな大気の底で
そこだけ
さらに明るい

緑の風

乙女が紗《うすぎぬ》をまとうように
野も
丘も
山も
谷も
やわらかな緑の衣《ころも》をまとうのは
太陽の眼差《まなざ》しが
日に日に熱くなるから

いま　太陽が大きく腕を伸ばし
風の掌《てのひら》で　ゆっくりと
緑の衣を　撫でてゆく

初夏

風が　かわるがわるに
緑の鍵盤を　叩くので
木は　巨《おお》きな　楽器になる

風が　かわるがわるに
光の飛沫《しぶき》を　立てるので
木は　明るい　渚になる

光あふれ

光　あふれ

空に　あふれ
水に　あふれ
木に　あふれ
草に　あふれ

ひと粒の　雫に
咲き誇る　花に
子どもらの　頬に
飛ぶ鳥の　翼に

駈け抜ける　風に
砕け散る　波に
流れゆく　砂に
漂える　雲に

ただ　惜しげなく
ただ　ひたすらに

光　あふれ
あふれ　かえる
この　一日

水の彫刻

その夏の　ある日
ふいに　まぶしい鏡の光が目に入ると
急に　すべてが　透きとおって
ただ　水だけが　見えた

樹木は　ゆるやかな噴水
透明な大地から　静かに水を吸いあげ
葉は　青空を映して　揺れる

走っているのは　子どもの形の水
追いかけているのは　子犬の形の水
笑い声が　光になって　きらめきながら　こぼれる

飛びたつ鳥も
はばたく蝶も
咲き誇る花も

命あるものはすべて　水の彫刻
めぐりながら流れる　水の彫刻

その夏の　ある日
いたずらっ子の鏡の光で　目を射られると
急に　すべてが透きとおって
ただ　輝く命だけが　見えた

Summer Rain

夏の雨が
いたずらっ子のように
街を水びたしにして
あわただしく駈けぬけた後

木立ちの
どのひと枝も
どのひと葉も
いっぱいにしずくをつけ

そのひとつひとつに
ぬけるような青空と
まぶしい太陽を映しこんで
きらきらと光っていた

まるで
そのために
夏の日の雨がある
とでもいうように

颱風

灼熱《しゃくねつ》の太陽に灼《や》かれ　ゆらり
と　空へ立ちのぼる海

雲の頂で　透明な波が音もなく砕けると
希薄な水たちは　遠い記憶を呼び起こされ
失われた名前を　思い出そうとする

記憶の形に沿って　動きだす水　水　水
見知らぬ　けれど　懐かしい力
すべて　始まりにあったものの形を求め
螺旋《らせん》の水は　巨大な渦を巻き
海を泡だたせ　森を呑みこみ
荒ぶる力で　町を太古の海に沈める

記憶のなかの
たったひとつの名前を探して

けれども　水は　思い出せない
中心に　空白を抱いたまま
いつしか力尽き　空にほどける
呼ぶことのできなかった名前の
空白だけを残して

失われた名前の透明なきらめきが
空一面に広がる　夏
雲の果てで　波が砕け
遠い潮騒を　響かせる

颱風一過

嵐は　どこに消えるのだろう
空のただなかで　ほどけて
あの巨大な力は　どこへ消えるのだろう
空は磨かれて　ただ青い

ゆらめくガラスの大気のなかで
街路樹が　横たわっている
看板が　転がっている
まるで　見知らぬ風景

嵐は　町を見知らぬ場所に
運んでしまったのだろうか
それとも
見知らぬ町が　運ばれてきたのか
遠い南の空から

照りつける夏の日差しに
ぼくは　さまよう
一瞬の遠い町を　迷子の犬のように

溢れる光

永遠の海

永遠には　はじまりはなく
だから　終わりもなく
はじまりのない命を　生きるものには
どこまでも　終わりがない
真夏の海が　揺れている
眩しく透明に　光っている

彼方からやってきた
まだ　名前のないものたちと
ここから去ろうとする
もう　名前を失ったものたちが

ただ光になって
かってに溢れかえる
眩しい
夏の
午後の
海

千億の鏡

永遠の海

まだ何者でもないから
何にでもなれる海が
小さなやわらかい鏡を
百億千億と揺らしながら
空を映し　海を映し
宇宙の一瞬を映して
ほどけては結び　またほどけ
波のかけらに映った永遠を
映すもうひとつのかけらが
果てしなくどこまでも連なりながら
ふと　止まる一瞬
という永遠

風と砂

永遠の海

まるで風が
乾いた砂の城を
少しずつ運ぶように
わたしは
少しずつ風にさらわれ
ここでじっと
青い海と
砕ける白い波を見つめながら
光る海へ
透明な風のなかへ
巨大な雲のなかへ
きらめく億のかけらになって
ゆっくりと飛び散っていく

夏の岬

その岬の尖《さき》には
人のいない灯台があって
真夏には
短くなった濃い影を
堅い岩盤の上の
白い砂の上に落とし
東から昇る太陽が
西の水平線に沈むまで
日時計のようにゆっくりと
音もなく
影をめぐらせている

光の海

沈みゆく　月の光と
昇りくる　日の光とを
たっぷりと浴び
透かしながら
揺れている　大きな水
この朝の　光の海

水のグラデーション

深い海の　深い青から
立ちのぼる　ひと粒の泡

鏡のように
銀色にきらめき
ただ　まっすぐに
光へ　光へと
のぼりつめる

暗い水底から
水の向こうに揺れる太陽へと
青い水のグラデーションを
一気に駈けぬけ

いま
光のなかで　はじけた
空に消える　ひと粒の泡
空に漂う　青い水の記憶

風のタペストリー

いちめんの青い稲穂に結んだ
朝露をふるい落とした風を縦糸に

鏡のように静まりかえった湖を
きらきらと光らせた風を横糸に

海原をはるばると吹きわたり
波をうねらせた風を縦糸に

渚に置き去りにされ乾ききった
砂の城を吹きちらした風を横糸に

過ぎ去った夏を紡いで
空いっぱいに織りなす
透明な風のタペストリー

秋の海

ほんとうは海は
光を溜めているんだ
あのまぶしい夏の光を
その青い深みに

誰もいない秋の海が
時折まぶしくきらめいたり
どこかで子どもの笑い声がするのは
そのせいなんだよ

洩《も》れだした光が
空のまんなかで
波になって砕けているから
空は光の欠片《かけら》でいっぱいだ

Silent Green

緑よ　鎮《しず》まれ

やわらかい芽で
石を割り　土を押しのけ
水よりも確かに
大地から湧きあがった緑

枝という枝を伸ばし
億万の緑の掌《てのひら》を差しのべ
少しでも
天へ近づこうとした緑

もう　その時は終わった

燃えさかる炎のように
さかまく水のように
高らかに歌いつづける緑よ

もう歌うな
風に　耳を澄ませろ

緑よ　鎮まれ
時の果てに輝く　もうひとつの夏のために

Golden Forest

そこは
終わらない歌の　終わる場所
見果てぬ夢を　見終わる場所

奏でられていた無数の旋律が
もっと巨《おお》きな
ひとつの旋律に　変わり
鳴り響いてきた無数の歌声が
さらに巨きな
ひとつの沈黙に　変わる

道は　そこで終わり
静けさのなかで
光だけが溢れかえっている

見えない地層に堆積した光を
すべて　解き放って
いま　まぶしく輝く　黄金《おうごん》の森

白い沈黙

どんな微かな音を　たてるのだろう
空を漂う水が
結晶するとき

どんな音楽を　奏でるのだろう
無数の白いかけらが
地上を目指すとき

粉雪の降りしきる空に
そっと耳を澄ませてみても
灰色の雲の海に
じっと心を澄ませてみても

ただ白い沈黙が
聴こえてくるばかり

結晶歌

いちばん微かな音に
耳を澄ます
降り積もる　雪の音
いちばん小さなものに
目を凝らす
ひとひらの　雪の結晶

いちばん近くにあるから
いちばん遠いものに
じっと　心を凝らす

すると　宇宙が聴こえる
きっと　永遠が見える

White Magic

見つめていると　わからなくなる
雪が　降りてくるのか
わたしが　昇っていくのか

空が　ゆっくりと降りてくる
大地が　音もなく昇っていく

やがて
ひとつに重なる　天上と地上

ここはもう　どこでもなく
わたしはもう　だれでもない
ただ　限りないまぶしさに　満ちているだけ

雪

あきれるほど饒舌《じょうぜつ》な　沈黙
地上を　天上にしようとする　白い企《たくら》み

Diamond Dust

天に帰りそびれた　星の光たちが
朝の日差しのなかで　遊んでいる
きらきらと　光の笑い声をあげて

夜明け

光は　フォルティッシモで歌い
星を　強く抱きしめたので
星は　光に溶け
いまは　青い空
どこまでも　青い空

見えない星を　さわって
透明な風が　吹くから
空に鳴る　風の竪琴《たてごと》
わたしを震わせ
わたしを満たす　見えない音楽

宝石のささやき

夜明けには
神々が　空に隠した宝石が
いっせいに　ささやきだし
遠い天上の消息を伝える

セレスタイト　失われるものの予感のなかで
オパール　歓びにふるえていた
アメジスト　許されることのない火と水の結婚に
エメラルド　湖よりも深い憂いを秘め
ルビー　はげしく燃えさかる命

そして　空は砕け
あふれだすトパーズの光
サファイア色の天上の　さらなる天上世界から
湧きおこる　限りない祝福の歌

天にひしめく　無数の宝石たちの
まばゆい光のささやきを
もう　だれも　止めることはできない

満ちてくる光

東の空から　微かに満ちてくる光は

眠っている森を
森のなかの花を　めざめさせ
眠っている鳥を
卵のなかの雛を　めざめさせ
眠っている水を
水にゆれる草を　めざめさせ
眠っている石を
石のなかの色を　めざめさせ

すべて
闇のなかでまどろんでいた色彩は　穏やかにめざめ
やがて
無数の色の饗宴　無限の光の和音を奏ではじめる

太陽の誕生

太陽が　生まれる
はじまりの水のなかから　太陽が生まれる
朝ごとに生まれ　夜ごとに死んでいく太陽
けれど太陽は　深い闇をくぐり
その母を孕《はら》ませ　自らの息子として　再び生まれる

わたしは祈る
闇のなかで　闇をめぐる昏《くら》い夢のなかで
太陽の息子が　無事生まれることを

太陽が生まれる
はじまりの水のなかから
天をとどろかせ　大地を揺るがし　海を血の色に染めて
きょう　はじめて空を翔《か》ける太陽が
光が　生まれる

The Rising Sun

太陽が
わたしに　さわりたがるから

水平線の向こうから
その透明な光の手を伸ばし
海と空との境目にさわり
はるばると海をわたる波にさわり
波の砕ける渚にさわり
渚によせる貝殻にさわり
珊瑚の砕けた砂にさわり

砂の撒かれた小道にさわり
小道にしげる夏草にさわり
草に咲く花にさわり
花に結ぶ朝露にさわり
朝露に濡れた爪先に
いま　さわったと思ったとたん
わたしを　まぶしく抱きすくめる

触れたものすべてを
淡い金色に輝かせながら

太陽と月の婚礼

どこまでも澄んだ　真昼の青い空
月の女王は　見えない軌道を音もなく滑り
天空の王者を　無言で抱きしめる

光が死んでいく　影に飲みこまれ
命が消えてゆく　闇に飲みこまれ

獣たちは　ざわめき
鳥たちは　ねぐらに急ぎ
虫さえも　姿を消し
地平線は　燃える血の色
世界は　深い水の底
時間さえも　失われ
真昼の闇の光の底を
長い脚の夜の使者たちが
一足飛びに駈けてくる

宝石の絶叫を最期に
空に息絶える王

宙空に浮かぶ　喪の太陽の
真っ黒なその縁から
いきなり　無限のコロナが溢れでる
その縁にきらめくルビイの宝玉

（コロナは八十三萬四百……）
（コロナは八十三萬四百……）

真昼の夜空に響きわたる荘厳な光の楽《がく》の音《ね》
その瞬間　世界は一気に裏返り
太陽と月の結婚は　祝福され
真昼の空に　星々が燦然と輝く

太陽と月とわたくしとが
無辺の宇宙のなかで　いま　一直線になり
世界の誕生を待ちわびる

日蝕

その玉座は
真昼でも輝く無数の星に飾られ
四方の地平線をすべて染める
濃い紫の天鵞絨《ビロード》に縁どられている
はるか頭上には
真空の闇を深く照らす真珠色の光の冠
冠の縁では
命あるいくつもの紅玉《ルビー》が
真紅の炎を揺らめかせる

そこは王者の玉座
太陽と月と惑星の運行に導かれ

そこに座る誰もが
地上のすべてを合わせたよりも
美しい宝玉を手にし
地上のどんな王よりも
荘厳な光の冠を戴き
地上の誰も想像すらできない
美しい一瞬を手にいれる

皆既日蝕

太陽と月と地球とが
一直線に並んだその場所で

太陽の舟

いま　空のただなかに
まぶしく輝く太陽は
光の東の果てで
海に　沈みゆく太陽

いま　天のただなかで
燃えさかる太陽は
光の西の果てで
新しい夜明けを　生みだしている

千の顔を持つ　太陽の舟が
美しい真昼の顔をして
わたしのうえを
青い空の海原を
ゆっくりと　漕ぎわたっていく

海の瞳

海を見つめる　わたしを
海が　見ていた

その青い瞳で

わたしが　空を見あげると
海も　空を見あげた

その青い瞳で

わたしが　空の果てを探すと
海も　空の果てを探した

漆黒の宇宙に浮かぶ　その青い瞳で

Silent Blue

空は
無数の星の輝きを隠して
青い

数えきれない宝石を隠して
沈黙する

そんなにも眩しく
そんなにも饒舌《じょうぜつ》な
天の大伽藍《だいがらん》

目を凝らせば
聴こえてくる
音のない音楽

青い輝き

その青い
輝きのただなかで
海をわたる　風になる

その青い
輝きのただなかで
空を翔《か》ける　鳥になる

心　という名の翼に
どこまでも　さらわれて

その青い
輝きのなかに
果てしなく　溶けてゆく

Aquasky

空は　ほんとうは底のない海
だから　あんなに青い

希薄な水に満ちた空を
希薄な魚たちの群れが泳いでいく
光が揺らいで見えるのは
そのせいなのに

あの雲の入江で　遊んでいるのは
生まれる前のわたし
まだ　魂だけだった頃の記憶が
雲の縁で　金色に光っている

空は　ほんとうは時間のない海
だから　あんなに遠い

渚にて

地上はすべて
光と風の打ち寄せる渚
透明な空の底にひしめく遥かな時間の波が
わたしを　この美しい星に運び
わたしを　彼方へとさらう

処女航海

帆にはらむ　はじめての風
舳《へ》さき切る　はじめての波

みあげれば　はじめての空
ふりそそぐ　はじめての光

出会うもの　すべてが
いま　生まれおちた
いま　世界が生まれる

風をきる　はじめての鳥
現われる　はじめての島

すべての瞬間は　処女航海

Good tymz

美しい過去ではなく
美しい未来
美しい未来ではなく
美しい現在

ノスタルジアではなく
憧れ

憧れるのではなく
憧れを生きる

いまここで　憧れを
憧れそのものを　生きる

Step into the Light

見えなかった
見ようとしなかったから　なにも見えなかった
長い間　自分で自分を閉じこめていた
深い闇のなかに

どうして　こんな簡単なことに
いままで　気づかなかったのだろう
世界は　こんなにまぶしいのに
世界は　こんなにやさしいのに

いま　光のなかへ

Feel the Light

目を閉じて　感じる
風のなかに　感じる
この手で
この頬で
この体のすべてで

光の　匂い
光の　手触り
光の　響き
わたしを包む　光の音楽

わたしのなかで　応える光

そして　知る
光に満ちた　この空が
わたしの魂　そのものだと

Eternal Moment

過去もない
未来もない
ここにあるのは　いまこの瞬間
一瞬ごとに生まれおちる　いまが
わたしの睫毛《まつげ》にきらめき
わたしの唇を濡らし
わたしの肩を滑り
わたしの掌《てのひら》からこぼれ
こぼれおちるそばから掌を満たす
わたしを満たす

ここにあるのは　永遠のいま

郵便はがき

恐縮ですが切手をお貼りください

153-0053

東京都目黒区五本木1-30-1-2A

株式会社ロクリン社

お名前	（フリガナ）　（　　歳） 男・女	ご職業	
ご住所	〒　電話番号　（　　）		

イベントや書籍のご案内をご希望される方にお送りします。
ご希望の際は右の「案内希望」を○でかこんでください。

案内希望

メールアドレス

※イベント・書籍の案内をメールでご希望される方はご記入ください。

ご記入いただいた個人情報は厳重に管理し、小社からのご案内送付以外の目的で使用することはありません。

送りくださった感想は広告・WEBなどで、匿名で紹介することがあります。ご了承ください。

買ってくださった本の名前

水の時 Voice of St.GIGA

この本に対するご感想・ご意見をお聞かせください

今後小社より出版をご希望されるテーマ・具体的な題材・著者などがございましたらお聞かせください

この本をどこでお知りになりましたか？

書店　2. ネット書店　3. チラシ・目録　4. 新聞・雑誌　5. 図書館　6. 学校・勤務先
知人の紹介　8. プレゼント　9. 小社サイト　10. 他のサイト（　　　　　　）
SNS（　　　　　　）11. その他（　　　　　　）

ご購入された場所

書店（店名　　　　　　）2. その他（　　　　　　）

時の翼

どの一瞬も
見知らぬ未来に　わたしを連れてゆく

翼ある鳥のように
時のなかを翔《か》けてゆく　わたし

翼が力強く風を切る音が　耳に響く
新たに生まれくる世界が
一瞬ごとに　目の前に広がってゆく

この瞬間も　また
美しい旅

大伽藍

がらんとした青空が
そのまま　わたしの頭蓋《ずがい》だった
巨大な天の大伽藍《だいがらん》
目を凝らすと
海の向こうの半島に繁る
緑の森が見え
森の木々が見え
風にそよぐ木の葉の一枚一枚が
くっきりと見えた
葉ずれの音さえ
はっきりと聴こえる
大伽藍に反響して

すべては　わたしで
わたしは　宇宙だと知った
よく晴れた　美しい日

彼方

こんなに空が澄んだ日には
遠くを見よう
だれよりも遠くを
この海の向こう
あの半島を越えて
半島のうえにかかる
淡い昼の月の向こうがわ
空の青さに埋もれた
無数の星よりも
もっと遠くを見よう

永遠にどれだけ近づけるか

ここで
あなたと
彼方を見よう

瞑想への旅

わたしのなかに　かがやくもの
わたしのなかに　たゆたうもの
わたしのなかに　ながれるもの

わたしのなかに　かがやく光
わたしのなかに　たゆたう海
わたしのなかに　ながれる水

わたしのなかに　ひろがる宇宙
はてしなく　めぐる時

夢幻空華

ゆめうつつ　そらのはな
たえまなく　ふりそそぐ
いちめんの　しろいはな

微かな　天の楽の音《ね》は
微かなまま
青い大伽藍《だいがらん》に　隈なく響き

ゆめうつつ　そらのはな
かがやきの　ただなかで
くだけちる　ときのゆめ

くだけちる　えいえんが
はてしなく　まいおりる

眠る火の呪文

貝の螺旋《らせん》の果ての国
神々の降りるところ
火は石のなかで眠る

ある墓碑銘

ここを　すぎて　のち
わたしは　みず　わたしは　つち
わきたつ　くも　ながれる　かぜ
もえる　みどり　ゆれる　ひかり
わたしは　この　ほしに　なる

Last Waltz

そこには確かに　見えない門があって
その門をくぐると
だれもが一度　深く死んで
新しく　生まれ変わる

けれども　それは
瞬《まばた》きをする間もないほどの
ほんのわずかな　時間なので
だれも　気づく者は　いない

最後のワルツを踊ろう　この命のために
最期のワルツを踊ろう　去りゆく光のなかで

あの　ゆるやかな角を曲がると
そこには確かに　見えない門があって

残照

まだ　満ちてくる海のように
まだ　満ちてゆく月のように

あなたが　去ったあとでも
わたしのなかに　潮は満ち
月は　さらに美しい円になる

太陽が　沈んだあとでも
石に残る　ぬくもりのように
雲を染める　夕映えのように

やわらかな輝きに
包まれている

あなたが　去ったあとでも

Voice in My Mind

わたしのなかに　広がる海に
打ち寄せる　波の音

わたしのなかに　萌《も》えたつ森に
鳴き交わす　鳥の声

わたしのなかに　輝く砂漠は
いくつもの　滅びた王国を抱《いだ》き

時の彼方で　うたわれた歌は
いまも　響く
わたしのなかの　果てのない空に

なにひとつ　失われていない
なにひとつ　失ってはいない

星の彼方を　見つめるように
耳を澄ます　わたしのなかに

時の渚

夢よりも遥かな場所で　出会った

永遠なはずのその一瞬を　掬《すく》おうとすると
指の間から　こぼれて
みるみる　遠ざかっていく
潮にさらわれてゆく　小舟のように

波が　すべてを消し去り
夜明けには　また
だれの足跡もない　渚だけが
ひっそりと　横たわっている

それでもまだ　見える

どこまでも遠ざかっていく　星々の光が
いまも　わたしに届くように
彼方へと　去っていく者たちは
輝きつづける

わたしのなかで
満天の星のように

再生

その赤ん坊が笑うと

宇宙の暗闇の果ての
光のない世界で
枯れた薔薇《ばら》に埋もれて
錆《さ》びついていた古い鍵が
音もなく　はずれる

すると
一度は　失われたはずの銀河が
また　廻《めぐ》りはじめる
数えきれない星を　両腕に抱《いだ》いて
闇に　光を放ちながら

その赤ん坊が笑うと
再び
世界が
生まれる

千億の昼と夜

百億の耳に聴こえる　百億の世界
千億の眼に見える　千億の世界

虫たちの眼に映る　空
鳥たちの耳に聴こえる　風

魚たちが感じる　昼と
獣たちが感じる　夜

風が　そのなかに感じる　百億の鳥の翼と
光が　そのなかに感じる　千億の蜻蛉《とんぼ》の翅《はね》

海が感じる　月の満ち欠けのめぐりと
大地が感じる　太陽の季節のめぐりを

わたしのなかに　聴き
わたしのなかに　見つけるために

じっと耳を澄まそう

虹の瞑想

わたしのなかに　満ちてくる色

あか
花　咲きほこる南国の花
だいだい
太陽　目を閉じて感じる太陽
きいろ
月　水平線に昇る月
みどり
草原　地平線までつづく草原
あお
空　果てしなく澄んだ空
あい
海　限りなくゆれる海
むらさき
夜明け　明けそめた空の色

紫藍青緑黄橙赤

そして満ちる　まばゆい光
わたしのなかに　光はあふれ
わたしが　光になる
光になって　虹をかける

子どもの領分

まだ
飛ぶ夢を見る
青い空のなかを
どこまでも　どこまでも高く
昇っていく夢を

まだ
泳ぐ夢を見る
青い水のなかを
どこまでも　どこまでも深く
息も継がずに

心の奥にある　子どもの領分が
まだ
わたしに　夢を見させる

夏の朝

目覚める前に
もう
目覚めている

気づく前に
もう
わかっている

心よりも魂よりも　すなおな命が
少年のなかで目を覚ます　夏の朝

生まれる前に
もう
はばたいている

少年

坂道を　自転車で駈けおりるだけで
世界の果てまで　行けると思っていた
汗ばんだシャツを　風が吹き抜けるだけで
とてつもなく　しあわせになれた
砕ける波に　体ごとぶつかっては
なんどでも　無邪気な笑い声をあげ

掌《てのひら》にすくった　たったひと口の冷たい水で
魂まで満たすことのできた　遠い日々

ただ　むきだしの自分だけで
世界のただなかに　立っていた
ひとりの少年が

いまも　ふいに透けて見える
あなたのなかに

ふりしきる花びら

ふりしきる　ふりしきる　花びら
ふりしきる　ふりしきる　光のなかを
たゆたう　たゆたう　春

やわらかい風が
光に透けた　少女の耳をなでる
きれぎれのささやきを　残しながら

春風に溶けこんだ音楽が
うす紅色に透けた　少女の耳にすべりこみ
心の奥の　見知らぬ記憶を奏でる

いつか　どこかで　こうして
風に舞う花びらを　見ていた
やがて来る　なにかを　待ちながら

遠い光のなかで
春風よりも　やさしいぬくもりに　抱《いだ》かれていた
強い花の香りに　包まれて

ふりしきる　ふりしきる　花びら
ふりしきる　ふりしきる　光のなかを
たゆたう　たゆたう　時

少女は　目を閉じて
光に　顔を向ける
まだ見ぬ恋を　思いだそうとして

星の少年　月の少女

星を見あげて　少年は思う

ぼくのなかに
どこまでも　はいっていくと
きっと　小さな宇宙がある

その宇宙にも　太陽があり
太陽をめぐる　惑星があり
惑星のうえに
星を見あげる　少年がいる
ぼくのような

ぼくの時間は
もうひとりのぼくと比べたら　永遠だけど
きっと　おなじ　いのちの時間

木洩れ陽

風のなかにふと感じる　海の匂いのように
夢のなかで鳴っていた　音楽のように

つかまえられない　きみを　つかまえられない

確かに　そこにいるのに
きみは　風景を透かすほど透明
半分は粒子になって
かろやかに風に散ってゆく

風のなかの　羽根のように
指からこぼれる　砂のように

つかまえられない　きみを　つかまえられない

Summer Lullaby

体じゅうを
金色の血が　駈けめぐるほど
しあわせな日々
夏は
永遠に終わらないと思っていた

木洩れ陽のハンモックで
子どもは目を覚まし
ふと
空の色が変わっていることに気づく

砂の城を置き去りにして駈けていくのは
あれは
すっかり日に灼《や》けた少年
波を恐がって泣いていた子どもは
もう　どこにもいない
空に消える　永遠の夏

風の歌

風が　運びさった砂を
風がまた　運んでくる

風が　さらっていった時を
風がまた　連れてくる

失わなければ　得られないものを
いつも　風が運んでくる
きらめく光のなか
終わりのない歌をうたいながら

風が　さらっていった夢を
風がまた　連れてくる

風が　さらっていった季節を
風がまた　めぐらせる

Talk to the Wind

いつも
風が
切れ切れの物語を運んでくれるから

いつも
風が
見知らぬ音楽を届けてくれるから

午後の陽射しのなかで
きょうは　わたしが語ろう
過ぎ去った日々の物語を
低い声で　うたおう
いつも響いていた歌を

空を吹き抜けていく
この風のために

風のフーガ

追いかけてゆく
風が
追いかけてゆく
風を
追いかけてゆく

朝露をふるわせ

遁《に》げてゆく
風が
遁げてゆく
風から
遁げてゆく

水面《みなも》を光らせ
はじまりから　終わりへ
終わりから　はじまりへ

翔《か》けてゆく
風が
翔けてゆく
風と
翔けてゆく

ここから　彼方へ
彼方から　ここへと

風は森で生まれる

風は森で生まれる

朽ち果てた古い木と
生まれたばかりの若い芽との隙間
透明な水の湧く岩陰や
光を透かす木の葉の裏の
幾億もの小さな日陰で生まれた
無数の森の吐息が
集まり
大きなうねりになって
吹いてゆく
森を越え　世界へと

風は森で死ぬ

砂漠を吹きわたる西風も
草原を波打たせた東風も
都市を震えさせた北風も
海原を旅してきた南風も
あらゆる風が
吸いこまれるように　そこに集まってきて
樹木と樹木の間で　ふっと消える
そんな風の死に場所が　森にある
人が足を踏みいれたことのない　深い森に

森の緑に癒され
岩に湧く清水を産湯《うぶゆ》に
風は森で生まれる

インディアン・フォレスト

光が
水のように樹木を浸す　午後には
森で眠る　精霊の夢が
夢のなかで目覚めた　精霊の声が
木の葉のささやきと
鳥の歌になって
世界のはじまりの言葉を
わたしに　ささやく

朝露

夜になると
父なる空が
ゆっくりと森に降りてきて
わたしの母を
その
どこまでも広がる
星をちりばめた両腕で
やわらかく抱《いだ》き
ひとつに溶けあうから

夜明けに
わたしが　森を歩くと
草に結んだ無数の夜露が
わたしの足を濡らし
わたしの腕を濡らし
遠い父の名を告げる

火打石の呪文

石に眠る
火の精霊よ
静かなる
炎の精霊よ
天に翔《か》けのぼる
龍の火の父よ
野を焼きつくす
星の火の母よ
太陽の娘にして
月の息子よ

わずかの間　目を覚まし
大地に生きる　すべてのものたちと
そのひとかけらである　わたくしに
燃えさかる火を　命の火をください
燃えさかる火を　命の火をください

哀しき闇

月の光も
焚き火の灯りも
届かないところで踊る者は
さみしい

たとえ　それが
どんなに眩しい光のなかでも
どんなに華やかに太鼓が鳴っても

月の光と
焚き火の灯りの届かないところは
みな　深い闇

New Moon Dance

闇のなかで踊る

大地を踏みしめ
足を踏みならして
踊る

天を仰ぎ
鈴を鳴らしながら
踊る

足音は
大地の隅々まで響き
鈴の音は
天の星々まで響く

わたしは祈る
深く眠る月が
魔物に襲われぬように
暗い道に迷わぬように

闇のなかで踊る
月を呼んで踊る

Mother Earth

母なる大地
あなたから　生まれた
あなたに　育てられ
あなたに　還ってゆく

すべての歓びと　哀しみも
あなたから　生まれた
あらゆる愛と　憎しみも
あなたに　育まれた

すべての甘い草と　苦い草が
あなたから生まれ　育まれたように
すべては　わたしに与えられ
そして　還ってゆく
あなたに

母なる大地
いつか　あなたに還っていく
静かな歓びとともに
きっと　あなたに還っていく

再び　生まれるために

またたく星

星は　息をしている
だから　またたく
星は　鼓動を打つ
だから　またたく
わたしは　息をしている
だから　星になる
胸が　鼓動を打つ
だから　星になる

父のように
母のように

祖父のように
祖母のように

いつか　星になる
きっと　星になる

Down by the River

ゆったりと
水のように
光を感じながら
はるばると流れゆく水の
行方を思う

やわらかい
水のように
大地を感じながら
草原に遠く響く
ゆるやかな　歌をうたう

流れゆく
水のように
雲を映しながら
はるばるとやってきた空の
彼方を思う

波の音楽

母親の声に包まれた
胎児のように
波の音楽に包まれている

たとえ
深い山の奥にいても
川の行方は
きっと海だから

たとえ
平原のただなかにいても
地平線の果ては
すべて海だから

たとえ
ビルのはざまにいても
あの空の彼方は
たしかに海だから

母親の鼓動に包まれた
胎児のように
いつも
波の音楽に包まれている

空への翼

どの山が　空へ届いたか
届かない
どの鳥が　空へ届いたか
届かない

ただ　魂だけが
月にさわる
星にふれる
ただ　魂だけが
空への翼

わたしは　空を翔《か》ける
山よりも　高く
鳥よりも　遠く

それでも　空の果てには　さわれない

ただ　死だけが
永遠の翼
わたしを　空の果てへ運ぶ
わたしは　空の果てで目覚める

鳥

飛ぶ鳥を　見つめていると
魂が　空を翔《か》ける

鳥たちの島

だれも　来なかった
だれも　来られなかった
空を渡る　鳥たちのほかには
海原のただなかの　鳥たちの島

傷つける者も
傷つけられる者もいない
楽園

だれも　来なかった
だれも　来られなかった
翼をもった　魂のほかには

鳥の歌

鳥は　なぜ　はばたくのか
天に　近づくため
星に　近づくため

はるかな時の彼方で
かつて　星だった
まばゆい記憶を　追いかけ
果てしなく　空に　墜《お》ちていく　鳥

水晶の鳥籠

鳥は　星をめがけて　翔《と》んだ
ただ　まっすぐに　翔びつづけ
いつしか
はばたかずに　どこまでもいける
星の林を　翔《か》けていた

永劫の時が流れ
鳥は
宇宙の果ての森に　たどりつく
すべてが　水晶でできた　音のない森

鳥は　知る
世界は
水晶の鳥籠に　包まれていたことを

天の鳥

その鳥は
はばたかずに翔《と》べる空から　やってきた
その鳥は
さえずりの聴こえない空から　やってきた
その鳥は
星のまたたかない空から　やってきた

時間のない　永遠の国から　墜《お》ちてきた

はばたくために
さえずるために
またたく星のした　月明かりの森で
羽根をよせあって　眠るために

鳥たちの天国

鳥たちに
天国はあるのだろうか

あの雲の彼方に
さらに透き通った風が渡り
金や銀や薔薇色《ばらいろ》や
夜明けの紫の花びらが
光のかけらのように舞っている
蜜と乳の川の流れる
遠い国はあるのだろうか

こんなに青く澄みきった
空を翔《か》ける鳥たちに
この空よりも美しい楽園など
あるのだろうか

楽園　バリ島幻想

いつか　どこか
ではなく
いま　ここ

いま　ここが　楽園

朝ごとに　供えられる花は
夕暮れに　しぼみ
神殿でさえ
花のように　しおれ
木のように　朽ちては
また　刻まれる
砂のようにやわらかな岩に

よせてはかえす　波のように
めぐりくる　生と死
そのすべてが　いのち
永遠の一瞬　に満ちた　一瞬の永遠

だから

いつか　どこか
ではなく
いま　ここ

いま　ここが　楽園

光と闇

魔物も　時に愛らしく
神は　時に怒りくるう

サクティ
ともに強い力を持つ者たち

善は悪に　悪は善に
光は闇に　闇は光に
めまぐるしく移り変わり　狂おしく明滅し

いつしか溶け合い　たったひとつの混沌になる

光と闇とが満ちる南の島

ここは地上の楽園
地上こそが　楽園

呼びかわす

呼びかわす　人　と　風
呼びかわす　風　と　鳥
呼びかわす　鳥　と　空
呼びかわす　空　と　海
呼びかわす　海　と　島

波の音が
鳥の歌が
風の音が
人の声が
呼びあい　応えあう
すべてが　すべての鏡となって
すべてが　すべてと響きあう島で
呼びかわす　人　と　神

繰りかえす名前

はじめの子は　ワヤン
つぎの子は　マデ
三番目は　ニョマン
四番目は　クトゥ
そして　五番目が生まれれば
また　ワヤン

ワヤン　マデ　ニョマン　クトゥ
　ワヤン　マデ　ニョマン　クトゥ
　　ワヤン　マデ　ニョマン　クトゥ

ここでは名前さえ
波のように繰りかえし
繰りかえし打ちよせる

めぐる名前
めぐる時間
めぐる生と　めぐる死

そして
再び
生まれる　わたし

星座

月夜の晩　天まで耕された田をゆけば
わたしの影が　くっきりと稲穂に落ちる

切り抜かれた黒い影のなかで
蛍が　光っている
まるで　星座のように

風が　穂波を　ふいにうねらせると
蛍が　いっせいに舞いあがった
わたしの影を　連れて

空に昇る　わたしの影
空に昇る　わたしの魂

いつの日か
燃えさかる炎のなかで
空へ還る　わたしの魂

はるか天空から
ふと　地上を見れば
静まりかえる水面《みなも》に
星たちが　こぼれ
蛍たちとともに　またたいていた
いま　生まれたばかりの星座のように

ガムランの音色をのせた甘い風が
限りなく天に昇りゆくわたしを　誘う

はやく　お帰り
もうすぐ村で　影絵芝居がはじまるよ

天の影

まぶしいほどの　月の光が
神々の濃い影を　暗い海におとし
影が　ゆっくりと盛りあがって
ひとつの島になった

だから
この島のすべては　神々の影
森も川も山も　鳥も獣も人も

漂いはじめた夕闇のなか
人である　神々のため
神である　人々が
ガムランを奏でる

影は　時に
神そのものより軽やかに
踊り　舞い　歌う

踊り疲れた人々が
倒れるように　眠りにつき
静寂が　島を満たすと
神々は　深く満ち足りて
さらに濃い　闇の森の底
水のように　笑いさざめく

波紋は　幾重にも幾重にも広がり
花の香りの闇に　隈なく行きわたり
きょうも　島をすっぽりと包む
神々の　やわらかな掌《てのひら》になって

木をたたく

深い夜
孤独な人は　木をたたく
音は夜風に乗り　水を張った田を越え　森を越え
水牛の耳をかすめ　闇を渡って　隣の人の耳に届く
すると　その人は　寝床から起きあがり
眠い目をこすりながら　夢現《ゆめうつつ》で　木をたたく

乾いた槌《つち》の音は
村のなかを　さざなみのように　広がり
闇のなか　人々は　起きあがり
木をたたいては　呼びあう

村は　木をたたく音で　満たされ
やがて　波が静まるように　静まる

もう　孤独な人は　いない
あたたかい眠りと　やわらかな夢に
人も　島も　包まれている

月のガムラン

その島には
鏡のように　静まりかえった
美しい円《まる》い池があった
満月の晩　池は　月を映した
空にある月よりも　あざやかに

夜が明けて　空の月が　消えても
水のなかの月は　消えない
黄金《おうごん》の光を放って　まばゆく輝いていた

朝もやのなか
だれよりも早く　水汲みにやってきた少年が
水のなかの　月を見つけた
少年は
イルカのように　水に滑りこむ

金色の月が　散り散りになり
少年の褐色の肌を滑る
体中に金を纏い
少年はまるで　しなやかな黄金の像
けれども　だれも　それを見る者は　いなかった
森と　水と　空のほかには

金のさざなみが　静まると
それは　ふたたび　美しい満月になり
池の底で　声もなく輝いた
少年は　魚のように水にもぐり
両腕で　胸にかかえて　水面に向かって泳ぐ

腕いっぱいの月から　したたりおちる水滴
そのとき　聖なる山から　太陽が昇り
朝陽が　まっしぐらに駈けてきて
少年の胸に抱《いだ》かれた　月を打った

すると　黄金の月は　微かに震え　音をたてた
夢のなかでしか　聴いたことのない　不思議な音色を

音は　朝もやのなかを　村へと滑ってゆく
まだ　眠っていた子どもたちの
夢のなかにまで滑りこみ
すべての人を　虜《とりこ》にした

見えない糸に　引かれるように
村人たちは　池のほとりに集まってきた
だれもが　少年の抱《いだ》く月に触りたがり
その音を聴きたがった
人々は　歓声をあげ
黄金の月を持つ少年を　肩にかつぎ
歌いながら　村にもどった

その日から
黄金の月は　村の宝になった
祭りの晩に　奏でられる　黄金の月
その音色は
神殿から流れだし　村の境を越え

山を越え　野を滑って
島の隅々にまで　響きわたった
眠っている　大人たちの
夢のなかにまで　音は滑りこみ
だれもが　その音色に　心を奪われた
だれもが　黄金の月に　触りたがり
だれもが　その音を　聴きたがった
鳥や獣や　見えない魔物たちでさえ
神殿を　遠巻きにして
月の音色に　聴きいった

「なぜだろう」
と　だれか問うと
地面に絵を描いて遊んでいた少年が
ふと　顔をあげて答えた
「たったひとつの　音のなかに
月の満ちる十五日と
月の欠ける十五日が　宿っているから
聖なる月の満ち欠けの　鼓動だから」

人々は驚いて　少年を見た
肌が　微かに金色を帯びて見えた

人々はこぞって　黄金の月をまね　銅鑼《どら》をつくった
けれど　音色が違う
月の鼓動が　宿っていない

ひと晩中　月明かりに　晒《さら》してみても
満月の晩に　池に沈めてみても
時には金を　鋳《い》こんでみても
月の鼓動は　宿らない

村人が　どうしたものかと話していると
少年が　笑いながら黄金の月を指さした
「この月を　熔《と》かして鋳こめばいい」
人々は　驚いて少年を見た
「そんなことをしたら　黄金の月が壊れてしまうではないか」
少年はその小さな指で　棚のように重なる田を指した
「千の鏡に映っても　月は　なくならない
そのひとつひとつが　みな美しい月だ」

少年の微笑みを　いくつもの蛍が縁どっていた

村人は喜んで　黄金の月を熔かし
村々の銅鑼に鋳こんだ
そのひとつひとつが　美しい月になった
月の鼓動を宿す　不思議な音色を奏でた

満月の夜
奏でられる　無数の月
重なりあう　無数の音
人も鳥も獣も　魔物たちさえも魅了する　天界の音色

少年の名前?
さて　ワヤンだったか　クトゥだったか
村の名前?
それも　忘れた
けれども　あの島にいけば　すぐにわかる
夢のなかにさえ　滑りこむ　無数の月の鼓動
果てしない時が　重なりあって
おまえを彼方へと　連れ去るから

Outlands

王がそう望んだので
城壁のなかの街は
すべてが赤い砂岩の色
市場に向かう通りには
人と車があふれ
その間を縫うように
裸足《はだし》の男が　人力車を引く
麻袋を積んだ荷車が　軋《きし》んで止まり
喧噪のなかで
駱駝《らくだ》はふと
遠い空を見あげた

空は
砂漠の空と同じ色
どこまでも
どこまでも深い　青

鞭《むち》が鳴り響いて
駱駝はまた
ゆっくりと
重い荷車を引く

風の城

この空の色の消えるところ
砂の国の果ての　どこかに

百年をかけて　砂に埋もれた城が
千年をかけて　再び砂から現われる

もう誰もいない
王も
王妃も
戦士たちも

開け放たれた窓と
朽ち果てた扉から
光と風だけが行き来する
風の城

崩れかけた壁に描かれた　有翼の天使が
あなたに　そっくりだということを
まだ　だれも知らない
だれも気づかない　世界が終わる日まで

この空の色の消えるところ
砂の国の果ての　どこかに

地中海の真珠

太陽は　遺跡から昇り
葡萄酒色《ぶどうしゅいろ》の海に　沈む

少年は裸足《はだし》で
オリーブの小道を駈けてゆく

いま　まさに飛びたとうと
翼を大きくひろげた女神も

王の迷宮で
迷いつづける怪物も
なにひとつ変わらずに　時は流れ
きょうも　また
海で　イルカが跳ねる
千年前のきょうと　同じように

岬の馬

走っても走っても　青い海
その岬の果てで
丘は　海になだれこみ
海は　境目もなく　空へとつながる

溢れる光のなか
海を見おろす　崖の上で
野生の馬たちが　草をはんでいる

何もない　海があるだけ
何もない　空があるだけ

だれのものでもない　馬と
だれのものでもない　わたしがいる

わたしだけの　わたしがいる

星の砂の島

青く澄んだ　南の海のただなかに
だれもいない
だれのものでもない
なにもない
ひとかけらの影さえない　まっ白な島がある

潮が引けば現われ　満ちれば消える
砂と　砕けた珊瑚とでできた　島
潮の流れと　季節風とで　日々
その位置も形も変える　さまよえる島

鳥さえも　訪れない一日
島は　ただ　空だけを見ている

打ちよせる波に　星の形の砂を遊ばせながら
かってに溢れかえる　光を浴びている

ガラパゴスの方舟

その島は　方舟《はこぶね》
太平洋の波に
何万年も揺られながら
遺伝子は夢を見る

さまざまな羽根の色
さまざまな嘴《くちばし》の形
いくつもの夢を描いて
いくつもの形になる　ダーウィンの小鳥たち

ひと時も　停《とど》まることなく
いま　この瞬間も
あたらしい夢を見て
あたらしい形になろうとしている　ガラパゴスの方舟

何万年何億年の後
方舟は　どこへ行くのか
わたしたちは　どこへ行くのか
宇宙を漂う
さらに巨《おお》きな
サファイア色の方舟に乗って

泳ぐ

泳ぐ
揺れる　光
肌を滑る　なめらかな　水
水を滑る　やわらかい　記憶
いにしえの　海
満ちてくる　潮
あたたかな　浅瀬
銀色の　泡
育ちゆく　石
虹色の　苔

たゆたう　波
光に満ちた　時間
ひるがえる　背びれ
無数の　アンモナイト
水のなかの　太陽
時の彼方の　日射し

泳ぐ
揺れる光　揺れる時間

泳ぐ
三十五億年を

アンモナイトの夢

螺旋《らせん》の階段を　めぐり
ゆっくりと降りていく
過去に
はじまりの時は
見えるだろうか

螺旋の迷路を　ほどき
ゆるやかに伸びてゆく
空の果てに
未来は
見えるだろうか

掌のなかのアンモナイトは
遠い時間を旅して
いまも　夢見ている

六億年前に
消えていった音楽を　聴きながら
六億年後に
聴こえてくるはずの音楽を

わたしの掌《てのひら》のなかで　夢見ている

遠い言葉

なぜ　帰ったのだろう　海へ

遠い昔
わたしたちは　ともに
陸《りく》を目指して　海を離れた
それなのに　なぜ　海へ帰ったのだろう
オルカは

わたしたちは　陸のうえで
二本の足で　立ちあがり
自由になった手で　道具をつくった
道具は　力を生み
力は　わたしを自由にした
武器をつくり
都市をつくり
空を飛び

海に潜り
数式を操り
わたしは　月にまでたどりつく
地上に　無数の小さな太陽を燃やし
莫大なエネルギーを取りだし
空の果てに
宇宙のはじまりを　のぞきこんだ

けれども　それで
ほんとうに　わたしは
自由になったのだろうか

オルカ
生まれ故郷の海を　目指した者たち
歌いながら　海を泳ぐ
星々の間を　泳ぐように
必要なだけ　食べ
海藻で　遊び
子どもたちを　育てる
この惑星の　なにひとつ　けがすことなく

オルカ
きみは　なにを見ているのだろう
なにを感じ　なにを思い
なにを歌っているのだろう
海で

遠い時間を隔てて
わたしたちは　再び出会った
まるで　異なる惑星で生まれ育ったように
わたしたちの言葉は　通じない

けれど　わたしたちは
遠い昔　陸を目指した兄弟だから
きっと　いつか　わかりあえる

そうしたら　教えておくれ
オルカ
きみは　なぜ　海へ帰ったのか
なぜ　そんなにも美しく　自由なのかを

Le Grand Bleu

そこには風も吹かず　太陽の輝きもない
はてしない青が　あるだけ

イルカが　わたしを見ている
人間に生まれる前の　わたしを

もう　空間もなく　時間もない
どこまでも深い青が　あるだけ

オルカへの讃歌

白と黒
海から跳躍する　美しい肉体
オルカ

白は光
まばゆい光

水が割れて　白がのぞく
滑らかなその胸が　夕陽に紅《あか》く染まり
大きく翻って
尾びれが　海原をたたく
舞いあがる　金のしぶき

黒は闇
深い闇

昏《くら》い水を裂いて　銀河へと
一気に躍りあがる　オルカ
その身体《からだ》の形に　流れおちる光は
星の数ほどの　夜光虫の燐光

海から空へ
地球から宇宙へ

遠く　さらに遠く
跳ねあがる　オルカ

だからイルカは微笑みながら泳ぐ

海が　抱きしめてくれるから
わたしを
わたしの愛する者たちを
やわらかなその腕で
どこまでも　抱きしめてくれるから
もう　何もいらない
愛する者たちを　抱きしめる腕さえ
わたしは捨てた
だから
自由に泳ぐだけ
ここには　確かに
哀しみよりも　より多くの歓びが満ちている

この海の青は
きっと空の青より　深い
あなたがたが目指す　空よりも

陸《りく》のうえの兄弟たちよ
どうして　そんなに哀しい顔をする
愛する者を抱きしめる　その腕で
もっと　多くをつかもうとし
いつも　何かを創りつづけて
どこまでも　走ろうとするのは
きっと　いつも何かが足りないからだ
何を探しているのだろう
いつになったら　足りるのだろう
どこまでいったら　安らぐのだろう

いつも　何かを求めて
なお　さみしげな二本足の兄弟よ
できることなら　戻っておいで
ここに戻っておいで

この海の青は
きっと空の青より　深い
あなたがたが焦がれる　あの遠い空よりも

Dyjob

だいじょうぶ　ここにいるから
だいじょうぶ　ここにあるから
たとえ　世界がおわっても
たとえ　宇宙がなくなっても
なにひとつ　うしなわれない
だれひとり　いなくならない
ずっと　ここにいる
いつも　ここにある
すべては　ここに

未来のための呪文

世界は　少しずつ美しくなる
世界は　少しずつ美しくなる
世界は　少しずつ美しくなる

何ものにも傷つけられることのない結晶が
途方もなくゆっくりと　育つように

何ものにも傷つけられない結晶は
途方もなくゆっくりとしか　育たないけれど

世界は　少しずつ美しくなる
世界は　少しずつ美しくなる
世界は　少しずつ美しくなる

世界は　かならず美しくなる

あとがき

夢のようなラジオ局があった。１９９１年に開局した衛星放送ラジオ局「セント・ギガSt.GIGA」だ。赤道上空3万6千キロにある放送衛星から電波が発せられ、そこから地球を見ている視点で、24時間途切れなく発信する「音の潮流」がコンセプトだった。

番組は2つだけ。日の出から日の入りまでの「Water line（水の時）」と日の入りから日の出までの「Star line（星の時）」。ＣＭもＤＪもない音楽と自然音の純粋な「音の潮流」だ。

日の出といっても時間差がある。日本で最初に日が昇る南東海上の南鳥島から、日本最西端の与那国島へと光は進み、その差は2時間を超える。日の出の時間帯を「Sunrise zone」と呼び「いま○○に太陽が昇りました」とリアルタイムで各地の日の出を報じる。日の入りの時間帯は「Sunset zone」。これにより、地球がダイナミックに回っていることが実感できた。

日が昇りきると「日本列島は、すべて光の中です」と宣言され、「水の時」がはじまる。日が沈みきると「日本列島は、すべて闇の中です」と宣言され、「星の時」がはじまる。

当然、いわゆるグリニッジ標準時の時刻とは無関係だ。だから、時報はない。代わりに、満潮と干潮の報せがある。といっても、日の出・日の入りと同じように、潮汐も各地で時間差がある。だから、各地の満潮・干潮に合せて「Hightide call（満潮）」「Lowtide call（干潮）」を行った。波の音とともに、こんなふうに。

月に導かれて 水が満ちていきます
いま海は もっとも 空に 近づいています
東京芝浦は 満潮を迎えました

月に導かれて 水が引いていきます
いま海は もっとも 空から 遠ざかっています
東京芝浦は 干潮を迎えました

さらには、月の満ち欠けも告知した。新月は「朔《さく》」、三日月は「眉月《まゆづき》」、上弦の半月は「弓張り月」、十五夜の満月は「望月《もちづき》」。小望月《こもちづき》、十六夜《いざよい》、立待月《たちまちづき》、居待月《いまちづき》、寝待月《ねまちづき》、臥待月《ふしまちづき》、更《ふけ》待月《まちづき》、有明の月、三十日月《みそかづき》、といった月齢の和名も折に触れて紹介した。

この、月齢と潮汐の組み合わせによって、音楽と自然音が選ばれた。満潮や満月に近づくほどに高揚し、干潮や新月に近づくほどに穏やかになっていく。約2時間を1単位として、クラシックからジャズやクラブ音楽まで、様々な音楽をサウンド・デザイナーたちが組み立てた。基本、生放送であり、前者からの流れを受けながら次につなげる、まさに「潮流」だ。自然音は、サウンド・デザイナーたちが日本各地、いや世界にまで足を伸ばして収録してきた。波の音、せせらぎ、木の葉のそよぎ、鳥の声、街のざわめきにまで耳を澄まし録音した。都市の真ん中にいても、潮の満ち引きを感じられる稀有な放送局だった。まるで宇宙から見ているように、闇の中で輝く都市や、光に包まれていく日本列島をイメージできた。

「人の声」として放送されるのは、日の出・日の入り、干潮・満潮、月齢の告知の他には、「Jingle（ジングル）」と「Voice（ヴォイス）」だけ。ジングルとはサウンド・ステッカー、ラジオ局独自の音のアイコンだ。セント・ギガのジングルは「わたしはここにいます。あなたがそこにいてよかった。I'm here. I'm glad you're there.」。アメリカの作家カート・ヴォネガット（1922－2007）の小説『タイタンの妖女』に登場する生き物「ハーモニウム」の言葉だ。彼らは水晶の森に住み、音楽を食べ、美しい音を食べるとアクアマリンに輝く。彼らの会話はたった2種類。それが、これだ。怒りも恨みも妬みも野心もなく、美しい音さえ食べていれば不死だという。作家本人の了解を得て、無償での独占使用が許可された。

「ヴォイス」は、いわば詩の言葉。「水の時」では「Water Odyssey ＝地球の自然に関する言葉」、「星の時」では「Star Odyssey ＝星の宇宙や心の宇宙についての言葉」が語られた。書き手は複数、約2時間を単位として1篇のヴォイスが流され、音のイメージの核ともなった。詩は繰り返されることも、切り離されて音楽や自然音とセッションされることもあった。

1991～7年まで、わたしは600篇余のヴォイスを書かせてもらった。音楽と共に宇宙から降りそそいだ言葉は雲散霧消してしまったが、いつか活字にしたいと願っていた。ようやく選集として詩集に結晶させることができた。ここに導いてくれたすべてに感謝したい。

地球暦四十六億年　希薄な大気の海の底にて　寮　美千子

2013　『エルトゥールル号の遭難　トルコと日本を結ぶ心の物語』小学館
2016　『増補新装版　しあわせの王様　全身麻痺のALSを生きる舩後靖彦の挑戦』ロクリン社
2021　『なっちゃんの花園』西日本出版社

◆ 宇宙・天文
1992　『ほしがうたっている』思索社
2004　『遠くをみたい　星の贈りもの』パロル舎
2009　『黒い太陽のおはなし　日食の科学と神話』小学館

◆ アイヌ・先住民・神話
1995　『父は空　母は大地　インディアンからの手紙』編訳　パロル舎
1997　『コヨーテを愛した少女』訳　パロル舎
1999　『おおかみのこがはしってきて』パロル舎
2002　『青いナムジル』パロル舎
2002　『父は空　母は大地　対訳版』パロル舎
2005　『イオマンテ　めぐるいのちの贈り物』パロル舎
2013　『天からおりてきた河　インド・ガンジス神話』長崎出版
2014～19『アイヌ民話撰』全５巻　アイヌ文化振興・研究推進機構
2016　改訂新版『父は空 母は大地　インディアンからの伝言』編訳　ロクリン社
2018　改訂新版『イオマンテ　めぐるいのちの贈り物』ロクリン社
2019　新装版『おおかみのこがはしってきて』ロクリン社

◆ 奈良少年刑務所
2010　『空が青いから白をえらんだのです　奈良少年刑務所詩集』長崎出版
2011　『空が青いから白をえらんだのです　奈良少年刑務所詩集』新潮文庫
2016　『世界はもっと美しくなる　奈良少年刑務所詩集』ロクリン社
2016　『写真集 美しい刑務所　明治の名煉瓦建築 奈良少年刑務所』西日本出版社
2018　『あふれでたのはやさしさだった　奈良少年刑務所 絵本と詩の教室』西日本出版社
2019　『奈良監獄物語　若かった明治日本が夢みたもの』小学館
2024　『名前で呼ばれたこともなかったから　奈良少年刑務所詩集』新潮文庫

◆ 日本の古典
2012　『空とぶ鉢　国宝信貴山縁起絵巻より』長崎出版
2012　『生まれかわり　東大寺大仏縁起絵巻より』長崎出版
2013　『祈りのちから　東大寺大仏縁起絵巻より』長崎出版
2015　『絵本古事記　よみがえり　イザナギとイザナミ』国書刊行会
2015　『へいきの平太郎　稲生物怪物語』ロクリン社
2016　『絵本六道絵　聖衆来迎寺国宝「六道絵」模本より』全４巻　同朋舎新社
2016　『平太郎のおばけやしき　稲生物怪録絵巻より』ロクリン社
2018　『いじめられたお姫さま　中将姫物語』ロクリン社

〈寮美千子の本〉

◆ 童話・絵本

1987　『ねこ地図いぬ地図りすの地図』ポプラ社
1987　『あっこちゃん だっこ』鈴木出版
1989　『こっぺくんほっぺ』鈴木出版
1991　『ポポロくんのせんたくやさん』鈴木出版
1992　『にげだしたまるたんぼいす』鈴木出版
1994　『けんけんけんちゃん』ひかりのくに
1995　『星ねこミューンのオルゴール』小学館
1996　『いたいの　いたいの　とんでいけ』鈴木出版
1996　紙芝居『すてきなおままごと』教育画劇
1996　『おおおとこエルンスト うみにいく』小学館
1997　『白い虹の伝説』訳　小学館
2001　『ゆきだるまのくにへようこそ』ひかりのくに
2001　『おおきくなったらなんになる？』鈴木出版
2002　『星の魚 Memories of the galaxy』パロル舎
2005　『たいちゃんのたいこ』鈴木出版
2006　『すてきなすてきなアップルパイ』鈴木出版
2008　『もっともっとおおきなおなべ』フレーベル館
2008　『ほしのメリーゴーランド』フレーベル館
2009　『どんぐりたいかい』チャイルド本社
2010　『ならまち大冒険 まんとくんと小さな陰陽師』毎日新聞社
2024　紙芝居『いくさの少年期』京阪奈情報教育出版
2024　『ぼくが子どものころ戦争があった 「いくさの少年期」より』ロクリン社

◆ 小説

1990　『小惑星美術館』パロル舎
1991　『ラジオスターレストラン』パロル舎
1993　『ノスタルギガンテス』パロル舎
1999　『星兎』パロル舎
2004　『楽園の鳥 カルカッタ幻想曲』講談社
2009　『夢見る水の王国』上下巻　角川書店
2010　『雪姫 遠野おしらさま迷宮』兼六館出版
2012　改訂新版『ラジオスターレストラン 千億の星の記憶』長崎出版

◆ ノンフィクション

1991　『しあわせなキノコ』思索社
1997　『南の島はせいえんでいっぱい みんなでせんしゅをはげます』学研
1997　『マザー・テレサへの旅 ボランティアってだれのため？』学研
2000　『モモンガかぜにのる』チャイルド本社
2008　『しあわせの王様 全身麻痺のALSを生きる舩後靖彦の挑戦』小学館

寮 美千子

１９５５年、東京に生まれる。２歳半で千葉市に転居、西千葉の公務員宿舎で高校卒業まで過ごす。千葉大学附属小学校、同中学校、県立千葉高校卒。中央大学文学部中退。外務省勤務の後、20歳で草思社に入社。ヤマハの広告制作に携わる。25歳からフリーランスのコピーライターとして活動。１９８６年、31歳で毎日童話新人賞を受賞し、作家に転向。童話・絵本・物語・小説・ノンフィクションを出版。幻想文学、天文学、先住民文化と多方面の作品がある。１９９１~7年、セント・ギガに詩を提供。２００５年、長編小説『楽園の鳥 カルカッタ幻想曲』で泉鏡花文学賞受賞。翌年、奈良に転居。２００７~１６年、夫の松永洋介と共に、奈良少年刑務所の「社会性涵養プログラム」で、受刑者への絵本と詩の教室を受け持った。受刑者たちの詩集と授業のノンフィクションは、大きな反響を呼んでいる。

水の時 *VOICE of St. GIGA*

寮 美千子

２０２５年3月30日 初版第１刷発行

発行者 関 昌弘

発行所 株式会社ロクリン社

〒１５３-００５３

東京都目黒区五本木１-30-１ ２Ａ

電話 ０３-６３０３-４１５３

ファックス ０３-６３０３-４１５４

https://rokurin.jp

編集 中西洋太郎

デザイン 宇佐見牧子

協力 山北圭子 小野弘 松永洋介

印刷製本 株式会社シナノパブリッシングプレス